LA MAISON
DES TROIS LIONS
A RIOM-ES-MONTAGNES

LA MERIDIENNE DU MONDE RURAL
19110 BORT-LES-ORGUES

adresse de gestion : 93 rue Jules Ferry
19110 BORT-LES-ORGUES
www.lameridiennedumonderural.fr

imprimé par lulu.com,
en impression numérique à la date de la commande
Lulu Press, Inc, Raleigh, N.C., Etats Unis

ISBN : 979-10-90416-32-1
Dépôt légal: juillet 2019

Anne de Tyssandier d'Escous

La Maison des Trois Lions à Riom-ès-Montagnes

La Méridienne du Monde Rural

Pour qui connaît Riom-ès-Montagnes, c'est une agréable petite ville située à 840 m d'altitude dans le Parc Régional des Volcans d'Auvergne où se succèdent de nombreuses festivités durant les week-ends d'été.

Si la fête de la Gentiane en juillet et la fête du Bleu d'Auvergne en août attirent particulièrement de nombreux touristes à Riom-ès-Montagnes, pour Lucie et Pierre qui avaient pris l'habitude de venir de Toulouse, chaque été, dans la région, la priorité était de profiter de l'authenticité du terroir, du climat et des chemins de randonnée. C'est ainsi qu'ils avaient rencontré des habitants de Riom-ès-Montagnes et qu'il leur arrivait de partager avec eux des moments de convivialité.

Un dimanche de juillet, ils furent invités à un déjeuner amical, réunissant douze convives autour des propriétaires, dans une maison ancienne en pierres dont l'entrée du jardin arboré est encadrée par des piliers surmontés de trois lions.

Après le repas avec des spécialités régionales, du pounti, de la truffade avec du jambon du pays, du Salers et d'autres fromages d'Auvergne, les convives furent invités à se détendre dans le jardin près du grand tilleul, sous la tonnelle, en écoutant une dame âgée passionnée par l'histoire locale, Bernadette, qui se plaisait à raconter des histoires et des légendes de la région.

Ce jour-là, Bernadette parla d'abord de l'église Saint Georges de Riom-ès-Montagnes et des sculptures des chapiteaux, dont une représentant un singe cordé. Après des considérations historiques sur cette église typique du style roman auvergnat, et pour maintenir l'intérêt de son auditoire, elle commença à raconter, à un auditoire attentif, des histoires de la région dans lesquelles les légendes et les faits historiques réels s'entremêlaient.

Comme c'était une belle journée d'été, et qu'il faisait chaud malgré l'ombrage de la tonnelle, l'hôtesse, tout en étant ravie de voir l'intérêt de tous ses invités pour l'histoire locale, alla chercher des jus de fruits frais dans la maison. Revenant avec un grand plateau avec des bouteilles et des verres colorés, la jeune femme souriante proposa de prendre des rafraîchissements pour le plus grand plaisir de ses invités.

Après un moment consacré à la détente et avoir bu un verre de jus d'orange avant de commencer une nouvelle histoire, Bernadette demanda aux invités:

- Vous avez peut-être visité les ruines de Cotteughes près de Trizac ?

- Avec Pierre, nous y avons été l'année dernière et nous y retournerons certainement cette année ! affirma Lucie avec enthousiasme en se calant dans le fauteuil de jardin.

Cotteughes

- C'est un lieu magique ! ajouta Alysée, une invitée qui avait visité également les vestiges entourés de mystères.

Bernadette commença alors à raconter à l'auditoire attentif une histoire concernant le village abandonné de Cotteughes et la Dame de Casteldoze :

- Au XIIIème siècle, la vallée du Marilhou, près de Trizac, était habitée et cultivée. Cotteughes était un petit village d'une trentaine d'habitations constituées de cases en pierres sèches semi-enterrées, avec un confort rudimentaire, à 1150 mètres d'altitude. La vie y était dure et les enfants commençaient à travailler très jeunes. Or une jeune femme du village, illettrée mais intelligente, devint vers 1238, dans des circonstances singulières, la servante de Na Castelosa, aussi appelée Dame Castelloze ou "la Dame de Casteldoze".

- La Dame de Casteldoze ? répéta Lucie.

-Oui, la célèbre trobairitz, femme troubadour, dont des auteurs et poètes rappelèrent la grande passion qu'elle avait eue pour un chevalier d'Auvergne. Dans son ouvrage « Les Troubadours

Cantaliens », paru en 1910, le duc de la Salle de Rochemaure, Majoral du Félibrige, avait ainsi consacré un chapitre à la Dame de Casteldoze… Pour revenir à l'histoire de Na Castelosa, celle-ci avait été mariée sans amour au seigneur de Meyronne qui, après avoir participé à une croisade, était surnommé "le Turc". Certains auteurs ont aussi écrit « Truc de Meyronne », mais c'était une erreur, il s'agissait bien de « Turc » comme surnom. Après ses noces, la Dame de Casteldoze fut amenée à vivre au château de Meyronne où elle se réfugiait dans ses rêves et écrivait des poèmes pour combattre la morosité de sa vie quotidienne avec un homme qu'elle n'aimait pas et à qui, par devoir, elle devait donner des héritiers… Le château de Meyronne n'existe plus à Venteughes, en Haute-Loire actuellement. Il était alors situé à environ soixante-dix kilomètres de la forteresse de Mardogne à Joursac dans le Cantal, et les châtelains de ces deux châteaux se connaissaient bien, indiqua Bernadette.

- Le jour où nous avons visité Murat, nous avons continué en voiture jusqu'au village de

Joursac pour voir à proximité les ruines du château de Mardogne, intervint Pierre.

Ruines de la tour carrée de Mardogne
(Joursac – Cantal – Photo DR)

14

- C'est dommage que ce château soit dans un tel état car la forteresse devait être un beau bâtiment…

- Elle était très imposante et le seigneur du lieu était un personnage puissant, précisa Bernadette qui ajouta :

La Dame de Casteldoze s'était éprise du chevalier Armand de Bréon, seigneur de Mardogne, qui n'a pas été indifférent à la passion qu'elle exprimait, car elle était une dame fort gaie, instruite et très belle d'après un autre troubadour du XIIIème siècle, Huc de Saint-Circ, *Hugues de Saint–Cirq*.

- Tout homme serait flatté de susciter une grande passion, remarqua Pierre.

- Cependant Na Castelosa et Armand de Bréon étaient tous deux mariés, et leur amour était impossible, précisa la narratrice.

Bernadette s'interrompit, pour boire deux ou trois gorgées de jus de fruit, avant de poursuivre :

- Comme je vous l'ai dit, au Moyen Âge, Mardogne était une forteresse importante… Ses seigneurs étaient puissants et possédaient des fiefs à proximité de Mardogne mais également des fiefs éloignés. La famille de Bréon a ainsi possédé la seigneurie de Châteauneuf, près de Riom qui à l'époque ne s'appelait pas Riom-ès-Montagnes. C'est, en effet, en 1836 que Riom a été regroupée avec Châteauneuf et « Les Arbres » et est devenue Riom-ès-Montagnes... Pour revenir à l'époque de Na Castelosa, à l'occasion d'une venue d'Armand de Bréon à Châteauneuf, la Dame de Casteldoze était venue en espérant l'apercevoir au château d'Apchon, proche de Riom, où il se rendait assez souvent. Mais Na Castelosa ne venait pas que pour revoir celui qu'elle aimait ; elle avait également avec elle un trésor vraiment encombrant...

- Un trésor ? demanda un invité dont le regard se mit à briller de curiosité.

- Oui, et la Dame de Casteldoze souhaitait consulter à ce sujet le comptour d'Apchon...

- Le comptour d'Apchon ? interrogea Lucie attentive.

- C'était le titre du seigneur d'Apchon. Le titre de comptour était un titre local d'un seigneur très puissant en Auvergne. Et le comptour d'Apchon était réputé comme étant le plus puissant de la région, expliqua Bernadette.

Ruines du château d'Apchon

- Mais actuellement, le château d'Apchon est en ruine…

- Il y a une très belle vue de ce site… remarqua Alysée.

- Un sentier permet d'y accéder facilement à partir du bourg d'Apchon ! précisa un autre invité.

- Nous y avons été et nous avons également visité l'église qui n'est pas très loin dans le bourg. Il y a de superbes retables, et le retable majeur est vraiment extraordinaire pour un petit village ! ajouta Pierre.

Le retable majeur de l'église Saint Blaise à Apchon

Après avoir approuvé, Bernadette reprit le cours de son histoire :

- La Dame de Casteldoze avait exprimé sa passion amoureuse dans des chansons pleines de poésie qu'elle avait déclamées dans des cours d'amour auxquelles elle participait quand son mari partait à la guerre. Un jour, lors d'une cour d'amour, elle reçut un épervier d'or et un grand vase rempli de pièces d'argent pour la récompenser d'avoir captivé l'auditoire avec ses belles chansons d'amour. Cependant, ses chansons ne concernaient pas son mari, mais son "bel ami" !

- Son mari aurait été probablement furieux de l'apprendre. Et à l'époque il ne fallait pas badiner avec des chevaliers qui n'étaient pas des tendres et étaient avant tout des guerriers, remarqua Alysée.

- Effectivement, Na Castelosa craignait la jalousie et la fureur de Turc de Meyronne s'il apprenait, à son retour dans son château, que sa femme clamait son amour pour le chevalier Armand de Bréon. Elle ne savait donc que faire de l'épervier d'or et du vase de pièces d'argent qui étaient pour elle une récompense embarrassante!

- Elle aurait peut-être pu les donner ? suggéra Lucie.

- C'était difficile, car le bénéficiaire du cadeau aurait souhaité connaître l'origine de ce trésor et il aurait pu, ultérieurement, la divulguer. En outre, Na Castelosa, au fond d'elle-même, voulait pouvoir retrouver la possession de son trésor si elle devenait veuve !

- Si elle devenait veuve ?... Quelle étrange supposition elle faisait!... s'exclama Pierre.

- Ce n'est, cependant, pas étonnant quand on sait qu'elle était jeune quand elle a épousé Turc de Meyronne alors que lui était déjà âgé. De plus, il risquait sa vie quand il combattait, ajouta Bernadette avant de poursuivre son récit :

Lors de la venue à Apchon de la Dame de Casteldoze, celle-ci avait apporté avec elle son trésor et avait demandé au comptour d'Apchon de la conseiller pour le mettre à l'abri... C'était une situation qui gênait le seigneur d'Apchon vis-à-vis de Turc de Meyronne, un chevalier qui avait été à la croisade avec lui. Pour éviter d'intervenir personnellement, il proposa qu'une femme originaire de Cotteughes, vive et débrouillarde qui travaillait au château d'Apchon, puisse aider la Dame de Casteldoze et devienne même sa servante pour s'assurer de sa fidélité ultérieurement.

- Excusez-moi ! Mais comment une servante pouvait-elle aider une grande dame ? questionna une personne intriguée.

- Il fallait cacher le trésor de Na Castelosa avant qu'elle reparte pour Meyronne, mais la cachette ne pouvait être au château d'Apchon. Une personne de la région était la mieux placée pour trouver une cachette rapidement. L'épouse de Turc de Meyronne confia donc l'épervier d'or et le grand vase de pièces d'argent à la servante, en lui demandant de les cacher dans le village dont elle était originaire et qu'elle connaissait bien. La servante put trouver à Cotteughes ou à proximité de bonnes cachettes. Elle revint ensuite auprès de Na Castelosa qu'elle suivit au château de Meyronne…

- Mais ensuite la Dame de Casteldoze a dû aller rechercher ses trésors ou aller les faire rechercher par sa servante? demanda Lucie manifestement très intéressée.

- Non, car malgré la valeur de ces objets cachés à Cotteughes, Na Castelosa ne souhaita pas, dans les années qui suivirent, aller les rechercher. Même en vieillissant, ce trésor était trop compromettant pour elle ! Il pouvait témoigner de la passion qu'elle avait eue pour un autre homme que son mari, affirma la narratrice.

- Mais le seigneur d'Apchon connaissait le secret de la Dame de Casteldoze…

- Guillaume d'Apchon avait été mis dans la confidence malgré lui ! Ce secret, qui concernait

Turc de Meyronne, était lourd à porter, car le mari de Na Castelosa avait été son compagnon d'armes. Ils avaient combattu ensemble et, quand ils ne guerroyaient pas, en période de paix, ils chassaient ensemble.

- Il devait avoir l'impression de trahir son ami, remarqua Pierre.

- Sans pouvoir trahir la confiance de la Dame de Casteldoze, ajouta une autre personne.

- C'était, effectivement, pour lui un véritable dilemme, reprit Bernadette avant d'apporter des précisions:

L'année suivante, en 1239, le comptour d'Apchon donna à l'abbaye cistercienne de Valette, peut-être pour alléger sa conscience, la montagne de Marilhou près du village de Cotteughes…

- Le cadeau à l'abbaye de Valette était important !...

- Plus un seigneur était riche, plus il devait faire des cadeaux de valeur à l'Eglise pour alléger sa conscience ! remarqua un homme âgé avec une pointe d'ironie.

Après quelques interventions sur les richesses de l'Eglise au Moyen Age, le sujet revint à l'histoire en cours.

- Mais que devint le village de Cotteughes ? demanda Lucie.

- Bien longtemps après ces faits, Cotteughes fut ravagé par un important incendie, comme cela arrivait malheureusement assez souvent à l'époque dans certaines bourgades, répondit Bernadette.

- La propagation de l'incendie d'une case aux autres cases était facilitée par les toitures en chaume, alors que les moyens de défense contre le feu étaient limités…

- Oui ! Des récipients remplis d'eau étaient déversés sur le feu sans pouvoir l'arrêter. Plusieurs personnes moururent dans l'incendie de Cotteughes, et les survivants préférèrent quitter les ruines calcinées du village. Par la suite, les vestiges de pierres furent envahis par les couleuvres…

- Nous en avons vu une, la dernière fois où nous y avons été ! intervint un des participants.

- Cela peut arriver, mais c'est quand même assez rare ! Elles doivent avoir peur des visiteurs qui sont de plus en plus nombreux ! indiqua une autre personne.

Après avoir laissé les personnes échanger des avis sur la campagne environnante et le nombre de touristes, Bernadette poursuivit :

- Au XIXème siècle, le juge de paix Henri Durif, dans un guide du voyageur dans le département du Cantal, mentionnait que les paysans de la région affirmaient que des trésors avaient été laissés à Cotteughes à la garde des couleuvres. Ils racontaient qu'un jeudi saint une pauvre femme, appelée Cattine Leybros, avait vu deux serpents sortir des décombres de Cotteughes. Elle les laissa s'éloigner et fouilla juste au point où elle les avait aperçus. Elle découvrit un grand vase rempli de pièces d'argent...Cattine, toute tremblante, porta ce vase à l'église, et le posa sur l'autel. Le lendemain le trésor fut retrouvé intact, mais des couleuvres furent retrouvées mortes près du bénitier. On supposa alors qu'elles avaient voulu aller reprendre le trésor pendant la nuit, mais plus logiquement elles devaient être au milieu des pièces d'argent lors de la découverte du vase…

- C'était le grand vase rempli de pièces d'argent de Na Castelosa ? demanda la jeune fille très intéressée par l'histoire.

- Probablement, répondit la conteuse. Cette découverte a même donné lieu à une légende dans laquelle les couleuvres étaient des génies.

- Et l'épervier d'or ?

- Il n'a pas été découvert... mais il a été depuis recherché par plusieurs personnes en sachant que la servante de Na Castelosa avait caché le trésor à Cotteughes ou à proximité. Cette approximation sur le lieu de la cachette n'a pas facilité les recherches, indiqua Bernadette après un temps de réflexion.

- L'épervier d'or reste donc à découvrir !

-A moins que quelqu'un ne l'ait trouvé, n'ait rien dit et ne l'ait caché ailleurs, ce qui ne serait pas impossible ! supposa la narratrice.

- Mais qu'est devenu l'homme qu'aimait la Dame de Casteldoze ? demanda Alysée, sensible aux histoires d'amour.

- Il semble avoir résisté aux avances passionnées de Na Castelosa qui, dans une chanson, lui rappela qu'elle en était même arrivée un jour à lui dérober, avec « grande frayeur », un gant pour conserver un souvenir de lui, mais que par scrupule elle le lui avait fait renvoyer rapidement.

- Il faudra que je fasse attention à ma paire de gants ! plaisanta Pierre en regardant Lucie.

- Ne te fais pas d'illusions, tu ne susciteras pas une telle passion en étant à la retraite ! répondit son épouse en souriant.

- Et voilà comment les femmes du XXIème siècle ramènent les hommes à la triste réalité! s'exclama Pierre en prenant faussement un air de victime devant l'auditoire amusé.

Après quelques échanges de plaisanteries entre les participants, Bernadette reprit :

- Pour revenir au poème de Na Castelosa, celui-ci figure dans l'histoire littéraire de la France parue au XIXème siècle. Quant à Armand de Bréon, il a eu avec son épouse légitime des enfants…

- Il a donc eu des descendants…

- Oui ! Et ses descendants ont possédé pendant de nombreuses générations la seigneurie de Mardogne à Joursac… Jeanne de Thynières, héritière de Mardogne, a été mariée en 1477 dans des conditions rocambolesques à un descendant des premiers comtes de Foix, Germain de Foix... indiqua Bernadette en sachant qu'elle allait susciter la curiosité.

- Un mariage dans des conditions rocambolesques ? Racontez-nous, s'il vous plait ! demanda une des personnes de l'auditoire.

- Germain de Foix était le troisième fils de Jean II, vicomte de Couzerans, et à cette position, n'étant pas l'aîné, il aurait dû embrasser une « carrière » cléricale. Néanmoins, ce n'était vraiment pas ce qui pouvait correspondre au tempérament fougueux de ce puîné non fortuné qui rêvait d'un autre destin.

- On le comprend !

Sachant que l'histoire allait être un peu longue, la propriétaire de la maison proposa à ce moment à ses invités de rentrer pour voir un ouvrage qu'elle possédait, dans lequel il y avait un chapitre sur la dame de Casteldoze, et de prendre ensuite un gâteau pour le goûter.

Tous la suivirent dans la maison puis dans une salle de l'étage.

Une bibliothèque en chêne foncé était remplie de livres aux couvertures de diverses couleurs. Après avoir cherché un instant, la maîtresse de maison retrouva le livre qu'elle cherchait. Avec une couverture jaunie, il s'intitulait « Les troubadours Cantaliens ». C'était un ancien ouvrage dédicacé par son auteur, le duc de la Salle de Rochemaure. Comme le chapitre sur la Dame de Casteldoze n'était pas trop long, un des invités se proposa pour le lire à haute voix…

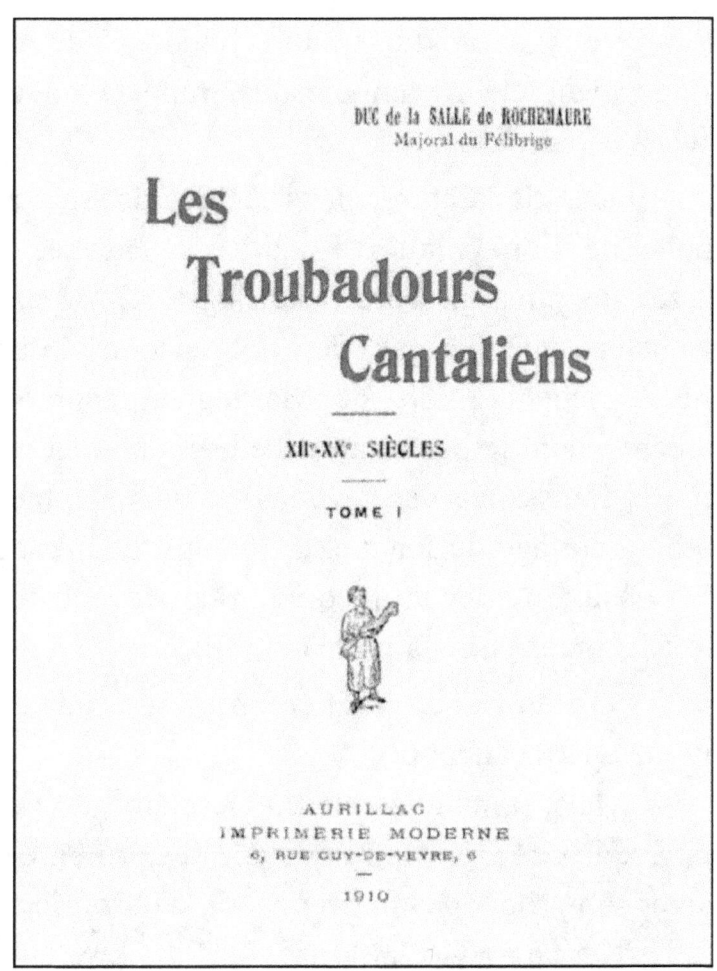

DUC de la SALLE de ROCHEMAURE
Majoral du Félibrige

Les
Troubadours
Cantaliens

XIIe-XXe SIÈCLES

TOME I

AURILLAC
IMPRIMERIE MODERNE
6, RUE GUY-DE-VEYRE, 6

1910

Après quelques échanges sur ce sujet, le groupe redescendit pour prendre le gâteau dans le salon. Tout en le dégustant, la conversation revint sur Germain de Foix.

- Vous avez dit, tout à l'heure, que son mariage avait été rocambolesque, rappela un des invités à la narratrice.

- Oui ! Sans entrer dans les détails, sa sœur Isabelle de Foix avait été mariée à Jacques de Tourzel, le puissant baron d'Allègre. C'est dans leur château que Germain de Foix rencontra la très jeune et riche héritière de Mardogne, Jeanne de Thynières, dont le père était décédé en laissant à sa veuve la jouissance des revenus de tous ses biens jusqu'au mariage de Jeanne. Un contrat de mariage devait ensuite régler la dévolution des revenus des différents biens entre la mère et la fille.

- C'était une héritière qui devait être convoitée par beaucoup !

- Mais, immédiatement, Germain de Foix comprit que cette rencontre pouvait lui permettre de changer son propre destin ! renchérit la narratrice.

- Il s'est empressé de faire la cour à la jeune fille? demanda Lucie.

- Cela aurait été romantique, mais ce n'était pas le genre de Germain de Foix, qui était certes un chevalier désargenté, mais, comme les membres de sa famille, avant tout un homme d'action et un guerrier !

- Alors, qu'a-t-il fait ?...

- Eh bien, il a attendu que la mère de Jeanne, veuve confiante dans l'environnement de sa fille, aille pour un séjour à la Cour du Roi de France, et il a décidé de se faire accompagner de quelques compagnons d'armes, qu'il a réussi à réunir, pour prendre de force la forteresse de Mardogne. Germain de Foix avait également prévu dans cette petite troupe de se faire accompagner par un prêtre, précisa Bernadette devant un auditoire étonné.

- Mais la forteresse pouvait résister à une armée ! remarqua Pierre.

- Exactement ! Cependant Germain de Foix appartenait du côté paternel à la prestigieuse famille des comtes de Foix et du côté maternel à la famille de Comminges. Il comptait, du fait de son statut, se faire ouvrir les portes de la forteresse en l'absence de la mère de Jeanne.

- Et c'est ce qui s'est passé ?...

- Oui !

- Mais pourquoi avoir amené avec lui un prêtre ? demanda Lucie.

- Tout simplement pour célébrer le mariage avec la jeune Jeanne de Thynières ! expliqua la narratrice.

- Elle aurait pu ne pas être d'accord... suggéra une femme âgée.

- C'est sa mère qui n'aurait certainement pas accepté que sa fille épouse un puîné, même de grande famille, mais sans fortune. Il ne faut pas oublier que c'était une époque où les jeunes filles n'avaient pas leur mot à dire quant au choix de leur conjoint. Quant à la jeune Jeanne, au lieu d'un éventuel vieillard fortuné que sa mère lui aurait peut-être choisi pour mari, Germain de Foix répondait davantage à l'homme dont une très jeune fille pouvait rêver. C'était un chevalier vigoureux d'une trentaine d'années qui souhaitait l'épouser, certes pour sa fortune, mais il avait beaucoup d'allure...indiqua Bernadette.

- Personne ne s'est opposé au mariage de la jeune châtelaine ?

- Les serviteurs qui devaient la protéger ne pouvaient s'opposer à un chevalier tel que Germain de Foix. Les portes de la forteresse lui ont été ouvertes sans qu'il y ait eu la nécessité de combattre. Lorsqu'il a été dans le château de Mardogne, il s'est cependant comporté en conquérant dont on ne pouvait pas discuter les ordres. Et, alors que dans l'aristocratie les témoins d'un mariage devaient faire partie de la noblesse, les serviteurs de Jeanne, une quarantaine, qui étaient dans le château de Mardogne ont été les témoins médusés du mariage en janvier 1477 de leur maîtresse avec ce chevalier venu du sud, indiqua Bernadette.

- La mère de Jeanne a-t-elle remis en question ce mariage forcé de sa fille?

- Cela aurait provoqué un scandale qui ne pouvait être envisagé ! Germain de Foix était d'une grande famille de France ! De plus, il s'était empressé de consommer le mariage pour que sa belle-mère ne puisse le faire annuler par Rome! Cependant, de par ce mariage, effectué sans contrat de mariage signé par des témoins aristocrates de la région, la mère de Jeanne était dépossédée de tous les revenus de la seigneurie. Elle en appela à l'autorité royale et un « compromis » avec Germain de Foix fut trouvé après plusieurs mois de tractations. Le mariage fut de nouveau célébré, le 28 octobre 1477, en bonne et due forme, avec un contrat préservant les droits de la mère de Jeanne, et avec de nouveaux témoins qui tous faisaient partie de la noblesse. C'est ainsi que Jeanne de Thynières et Germain de Foix se sont mariés à deux reprises en 1477.

- Germain de Foix devait avoir une forte personnalité…

- Pour le moins que l'on puisse dire !... C'était, en plus, un chevalier d'une santé très robuste… Il descendait de Corbeyran de Foix, seigneur de Rabat dans le Comté de Foix, qui avait été Sénéchal de Foix et très proche de son parent, Gaston Fébus.

- Cela nous éloigne de l'Auvergne, remarqua une dame âgée.

- Pas tout à fait, car Germain de Foix et Jeanne de Thynières ont eu des enfants et des descendants qui ont vécu en Haute-Auvergne. Leur fils aîné, Louis de Foix, est revenu en Auvergne après avoir guerroyé durant plusieurs années. Il avait en particulier accompagné dans sa campagne d'Italie son parent Gaston de Foix, duc de Nemours.

- Le duc de Nemours, mort à Ravenne ?

- Oui, le neveu du roi Louis XII mort à Ravennes le jour de Pâques 1512, répondit la narratrice qui poursuivit :

Louis de Foix avait été très affecté par la mort de son courageux parent. Il continua cependant à combattre et ne revint que quelques années plus tard en Auvergne... Alors que Louis de Foix était revenu vivre à Mardogne et que Germain de Foix, vicomte de Couserans, était, après plus de quarante ans de mariage, devenu veuf en 1519 de Jeanne de Thynières, le père et le fils allaient chevaucher souvent ensemble dans la campagne auvergnate. Et, en particulier, ils allaient à cheval de Mardogne à Dienne rendre visite à une belle et jeune veuve, Gabrielle de Dienne. Mais les visites de courtoisie prirent rapidement une autre tournure quand Germain et Louis de Foix souhaitèrent tous deux l'épouser. Un réel conflit les opposa et ce fut une chance qu'ils n'en viennent pas à se battre en duel ! observa Bernadette, consciente qu'au XVIème siècle les différends pouvaient en arriver à se régler ainsi.

- Le père et le fils étaient vraiment rivaux ? s'étonna Alysée.

- Oui, mais Gabrielle de Dienne, étant veuve, pouvait choisir son nouveau mari, alors que pour son premier mariage cela n'avait pas été possible. Entre Louis et Germain de Foix, elle a préféré épouser le fils plutôt que le père qui avait plus de soixante-dix ans, indiqua Bernadette.

- On la comprend !

- Louis de Foix et Gabrielle de Dienne étaient vraiment amoureux, c'est ce qui explique que le fils, même à quarante et un ans, se soit, à l'époque, opposé à son père… Germain de Foix avait un fort caractère, et il était irascible. Furieux que son fils aîné ne se soit pas incliné, par respect, devant la décision de son père de se remarier avec la belle Gabrielle de Dienne, celui-ci a déshérité Louis et a légué la vicomté de Couserans à son fils cadet alors qu'elle devait revenir à l'aîné.

- Louis de Foix a été déshérité ?

- Par son père, oui ! Mais par sa mère, Louis de Foix était l'héritier de différents biens dont la seigneurie de Mardogne. Avec son épouse, il a ainsi pu tenir son rang qui nécessitait d'avoir des revenus assez importants. Leur fille Germaine a épousé en 1557 Michel d'Anjony, en apportant d'ailleurs une belle dot, et ce couple a vécu au château d'Anjony à Tournemire. Les fresques représentant Germaine de Foix et Michel d'Anjony sont toujours visibles de part et d'autre de la grande cheminée dans la Salle des Preux, ajouta la narratrice.

- J'ai vu les fresques, elles sont très bien conservées ! remarqua une dame âgée.

- Elles ont été restaurées il y a quelques années, indiqua Bernadette.

Après avoir bu deux ou trois gorgées d'eau, la narratrice reprit :

Louis de Foix est mort en 1560 et a été inhumé dans l'église de Joursac. Son tombeau en pierre sculptée, de style Renaissance, a été classé monument historique en 1965. Il est visible dans l'église de ce village près de Mardogne. C'était un ancêtre du rénovateur de la race bovine de Salers dont le buste se trouve sur des orgues basaltiques, place Tyssandier d'Escous, à Salers…

- Le buste est en bronze et a été réalisé par Champeil, grand prix de Rome, précisa un des participants originaire de la région de Salers.

Buste d'Ernest Tyssandier d'Escous(1813-1889)
à Salers

Et la conversation se poursuivit concernant la cité de Salers, ses maisons Renaissance en basalte, la maison " du Bailliage", l'église Saint Matthieu, le musée dans la maison du Commandeur de Mossier dite auparavant "des Templiers", la chapelle Notre-Dame de Lorette, les festivités durant l'été…

Au moment où ils s'apprêtaient à partir, Lucie et Pierre indiquèrent qu'ils avaient prévu le lendemain d'aller pique-niquer à La Font-Sainte, et ils proposèrent aux autres personnes qui pouvaient être disponibles de se joindre à eux.

- C'est une excellente idée ! Je suis toujours ravie d'y aller, d'autant que le sentier de découverte et d'interprétation a été très bien aménagé, répondit une des personnes.

- Et, avec cette chaleur, quand on redescendra, on pourra s'arrêter pour se désaltérer avec l'eau froide de la source, à côté de la chapelle! ajouta Alysée.

- C'est une source sacrée qui est vraiment très ancienne... D'après certains textes, il y aurait eu un culte de l'eau du temps des druides avant que l'Eglise christianise ce lieu, comme d'autres lieux, avec le culte de la Vierge, indiqua Bernadette avant d'ajouter :

Un seigneur d'Apchon aurait rapporté d'une croisade une statue de la Vierge. Il l'a offerte pour être placée dans un oratoire près de la source et ce fut le début d'un pèlerinage chrétien... L'oratoire fut par la suite détruit par des bandes anglaises armées, puis reconstruit, puis de nouveau détruit lors des guerres de religion…

En 1740, la Vierge apparut à une petite paysanne des environs, prénommée Marie. Elle lui demanda de faire reconstruire l'oratoire avec, également, une chapelle… La petite paysanne obtint l'accord de l'évêque qui donna, en plus, une statue. Près de la source, et avec l'aide des habitants des environs, Marie put faire reconstruire l'oratoire.

Pendant la révolution, la statue fut cachée chez un habitant des environs. Par la suite, la chapelle fut construite. Cependant, comme beaucoup de personnes venaient y prier, il fallut en construire une autre plus grande…

- Il y a beaucoup de monde qui y va ? demanda Lucie.

- Oui ! Surtout quand la statue est montée fin juin à la chapelle de la Font-Sainte, pour être durant l'été près des bergers dans la montagne…

ANNEXES

Concernant "la Dame de Casteldoze", un recueil a été publié en 2014 par La Méridienne du Monde Rural (illustration de couverture par Michel Rigel).

(Extraits du poème)

« Ja de chantar non degr'aver talant »

de Na Castelosa (Na Castellosa)

« Ai ! bèls amics, sivals un bèl semblant
Mi faitz enant
Qu'èu moira de dolor,
Que lh''amador
Vos ténon per salvatge,
Car joia non m'aven
De vos, dont no'm recré
D'amar per bona fe
Totstemps sens cor volatge.

Mas ja vas vos non aurai cor truant
Ni plen d'engan,
Sitot vos n'ai pejor,
Qu'a grant onor
M'o tenh en mon coratge ;
Antz pens, cant mi soven
Del ric prètz que'us manten,
E sai ben que'us conven
Domna d'auçor paratge.»

(Extraits du poème)

«Jamais je ne devrais avoir envie de chanter»

de Na Castelosa (Na Castellosa)

« Ah ! Bel ami, au moins un beau visage
Montrez-moi, avant
Que je ne meure de douleur,
En effet ceux qui aiment
Vous tiennent pour sauvage,
Car aucune joie ne me vient
De vous, que pourtant je ne cesse
D'aimer de bonne foi
Tout le temps sans cœur volage.

Mais jamais pour vous je n'aurai cœur perfide
Ni plein de tromperie,
Bien que j'ai pire à vous reprocher,
Car à grand honneur
Je tiens cela en mon courage ;
Par contre, quand je me souviens
Du grand renom que vous avez,
Je sais bien que vous convient
Une dame de plus haut lignage.»

Extraits de notes

texte publié en 1910 dans « Les Troubadours cantaliens »
La dame de Casteldoze (Na Castellosa)

par le duc de la Salle de Rochemaure

- L'orthographe véritable « Castel d'Oze » est indiscutable, mais elle revêt force variantes dans les titres antérieurs au XVIème siècle. On trouve simultanément les formes suivantes : « Oze, Ozon, Ozou, Oza, Auzol, Auzon » et fréquemment en un seul mot « Casteldoze ou Casteldauze »…
Castel d'Oze ou Casteldauze, pour employer la forme la plus usitée, est aujourd'hui un lieu ruiné dépendant de la commune de Sénezergues, canton de Montsalvy, arrondissement d'Aurillac.

- Castel d'Oze, comme son voisin Sénezergues, relevait en fief de la baronnie de Calvinet, membre elle-même de la vicomté de Carlat…

- On disait « Lo Turc d'ô Mayrona » et le surnom finit par devenir, pour le mari de la poétesse et sa descendance, comme un prénom ou vocable patronymique.

- Ses amours avec Armand de Bréon n'avaient pas empêché la dame de Casteldoze d'assurer la descendance de la maison de Meyronne. Son fils, Antoine de Meyronne, vivait en 1284 et son petit-fils Béraud, dit « Le Turc », en 1317. Deux fils de ce dernier étaient l'un, Guy, abbé de Pébrac en 1357 et Eustache, Doyen des Chanoines de Brioude en 1366. La maison de Meyronne dut s'éteindre peu après...

- La maison de Bréon s'éteignit à la fin du XIVème en Dauphine de Bréon qui porta la terre de Mardogne à son mari Pierre de Tinières (*Thynières*)...

NOBILIAIRE d'AUVERGNE
par J.-B. Bouillet
Edité en 1851
(extraits)

de MEYRONNE – Dans la commune de Venteuges, en Gévaudan, sur l'extrême frontière de l'Auvergne, était un château féodal dont la justice s'étendait sur plusieurs lieux de *notre* province, vers les paroisses de Desges, de Charrais et de Pébrac. Ce château, qui relevait de Mercoeur, avait donné son nom à une famille de chevalerie connue dès le commencement du XIIIème siècle. Un de ces seigneurs avait rapporté de l'Orient le surnom de *Turc*, qui resta à ses descendants. Il fut marié avant 1230 à la dame Castelloza, ou plutôt Casteldoze, ou Castel d'Auzon, qui est un fief du Carladez appartenant à la maison de la Roque-Sénézergues. L'*Histoire des Troubadours* nous apprend que cette dame aima Armand de Bréon, en l'honneur duquel elle fit plusieurs chansons qui furent admirées, et qu'elle assista à la cour d'amour tenue à Romanin en Provence, en 1230. Antoine de Meyronne, seigneur du lieu et coseigneur de Lempdes, vivait en 1284...

de BREON – Seigneurs de Bréon et de Mardogne, terres considérables ; la première, près de Besse, la seconde, non loin d'Allanche et dont l'antique château domine majestueusement la fertile vallée d'Allagnon. L'antique et puissante race des Bréon est éteinte depuis quatre siècles*... - Pons de Bréon, époux d'Artaude de Châteauneuf vivait en 1078. – Armand de Bréon, chevalier, fut l'un des seigneurs d'Auvergne qui se croisèrent en 1102, et qui assistèrent l'année suivante au siège de Tripoli. – Autre Armand de Bréon, chevalier, est cité dans l'histoire des troubadours comme ayant inspiré de tendres sentiments à "Dona Castelauze", femme du seigneur de Meyronne en 1230, et qui les a exprimés elle-même dans trois chansons venues jusqu'à nous....

---

* La famille de Bréon est, depuis plusieurs siècles, éteinte dans les mâles, mais elle a des descendants.
Par dauphine de Bréon, épouse en deuxième noces de Pierre Guillaume de Thynières (Tinières), puis par Jeanne de Thynières, épouse de Germain de Foix, Ernest Tyssandier d'Escous, rénovateur de la race bovine de Salers, descendait de la famille de Bréon.(NDR)

de TINIÈRES – Seigneurs de Tinières, de Val, de la Nobre, de Gimazanes, d'Auzelles, de Chaméane, de Mardogne, de Fernoël, de Mérinchal, de la Villate, et vicomtes de Narbonne. L'ancien château de Tinières, qui avait donné son nom à cette puissante famille, était situé à la cime d'un rocher escarpé dans la commune de Beaulieu, canton de Champs, près de la ville de Bort. Il ne présente plus aujourd'hui qu'une ruine. La seigneurie dont il était le siège s'étendait sur les deux rives de la Dordogne. Plusieurs titres publiés par Baluze attestent que la terre de Tinières dépendait des sires de la Tour ; mais il n'en n'est pas moins certain que c'était bien là le berceau de la maison de Tinières... Pierre de Tinières, troisième du nom, seigneur de Val, la Nobre, Mardogne,.. était encore mineur et sous la tutelle de son père, lorsque par testament du 5 mai 1424, Guillaume II, vicomte de Narbonne, son frère utérin, l'institua son héritier universel. Il prit alors le nom de Guillaume III, vicomte de Narbonne ; mais comme il était mineur... ce fut son père qui gouverna la vicomté de Narbonne en son nom, et qui lui fit épouser Annette d'Apchon, fille d'Antoinette de Tourzel, sa seconde femme. Après la mort de son père, arrivée en 1447, Pierre-Guillaume III et Annette d'Apchon vendirent la vicomté de Narbonne, le 12 décembre de ladite année 1447, à Gaston, comte de Foix, qui la réunit à son domaine... Jacques de Tinières *(leur fils NDLR)* épousa Louise de Lespinasse…De cette union ne vint qu'une fille, Jeanne de Tinières, dame de Mardogne, de Val, la Nobre et autres lieux, mariée le 28 octobre 1477 à Germain de Foix, vicomte de Couserans, dont la postérité s'établit au château de Mardogne, près d'Allanche.

***

de FOIX – Seigneurs de Mardogne, de Moissac-le-château, d'Auzelles, de Gimazanne, de Val et de la Nobre – Branche de l'antique et illustre maison des comtes souverains de Foix, de Bigorre, de Navarre, de Béarn, vicomtes de Narbonne… Un rameau de cette grande famille vint s'établir en Auvergne par suite du mariage de Germain de Foix, troisième fils de Jean II, vicomte de Couzerans, le 28 octobre 1477, avec Jeanne de Tinières, héritière de Mardogne et autres places. Jeanne mourut en 1519, et son mari en 1530. Ils laissèrent Louis de Foix, seigneur de Mardogne, qui épousa, le 6 août 1521, Gabrielle de Dienne, déjà veuve d'Astorg de Peyre. Ce mariage lui attira la colère de son père qui avait jeté les yeux sur la même veuve, et qui, pour le punir, disposa de la vicomté de Couzerans en faveur de Jean de Foix, son puîné. Malgré cette disgrâce, qui le privait des avantages attachés au droit d'aînesse, Louis de Foix soutint son rang avec dignité ; il accompagna ses parents, Gaston de Foix, duc de Nemours ; Odet de Foix, vicomte de Lautrec, et Thomas de Foix-Lescun, dans leurs campagnes d'Italie, où il se distingua par sa valeur. Ce seigneur mourut en 1560 et fut inhumé dans l'église de Joursac, près de Mardogne. On ne lui connait que deux enfants : Joseph de Foix *(postérité éteinte-NDLR)...* et Germaine de Foix, alliée, le 20 février 1557, avec Michel d'Anjoni, seigneur d'Anjoni, de Falcimagne et autres lieux…

Nota : ces extraits du Nobiliaire d'Auvergne ont repris l'orthographe des noms utilisée par J.-B. Bouillet dans son ouvrage, même si d'autres orthographes ont existé ou existent pour ces noms (comme pour Thynières, Anjony...), et même si entre deux notices familiales le même nom est orthographié par J.-B. Bouillet différemment (Couserans, Couzerans).

TABLE DES MATIERES

La Maison des trois lions à Riom-ès-Montagnes
par Anne de Tyssandier d'Escous.................... p 7

ANNEXES................................ p 43

Extraits du poème « Jamais je ne devrais avoir
envie de chanter »
par Na Castelosa (Na Castellosa)............... p 44

Extraits de notes du texte publié en 1910 dans
« Les Troubadours cantaliens » - chapitre :
La dame de Casteldoze (Na Castellosa)
par le duc de la Salle de Rochemaure............ p 46

Extraits du "Nobiliaire d'Auvergne"
par Bouillet.............................. p 48

www.ingramcontent.com/pod-product-compliance
Lightning Source LLC
Chambersburg PA
CBHW071218130626
46555CB00004B/1758